AF233533

MES RELATIONS

AVEC

S. M. L'EMPEREUR DES FRANÇAIS,

PAR

Gaston de CHAUMONT,

Membre correspondant de l'Académie de Savoie.

———

GENÈVE,

IMPRIMERIE CH. GRUAZ, PLACE DU GRAND-MÉZEL.

—

1853

MES RELATIONS

AVEC

L'EMPEREUR DES FRANÇAIS.

Dans les derniers jours du mois de février de cette année, le journal l'*Indépendance Belge*, et après lui, je crois, divers autres journaux, publièrent les noms des poëtes dont les vers, dédiés à S. M. l'Empereur des Français, avaient pris place dans le recueil édité par M. Lesguillon, à Paris, portant pour titre : *la Poésie à Napoléon III.* L'éditeur faisait figurer mon nom dans cette pléiade littéraire.

Depuis cette époque, celui qui écrit ces lignes a reçu, soit d'anonymes, soit de personnes avec lesquelles il n'est pas en relation habituelle, diverses lettres, les unes injustes et peu polies, les autres injustes peut-être, mais bienveillantes sans contredit. La plupart de ces correspondants s'accordent à le blâmer d'avoir adressé des vers à l'Empereur des Français. Seulement, les uns lui disent : c'est une chose aussi odieuse que ridicule de votre part de flatter bassement un tyran, etc. Les autres se contentent d'écrire : Nous avons vu avec peine votre nom associé à celui des écrivains impérialistes, etc.

S'inquiétant peu de l'opinion des premiers, c'est à ces derniers seulement que l'auteur de cet opuscule vient répondre ici. Il a hésité avant de s'y décider ; mais une personne que son âge et son caractère lui font un devoir de respecter, lui ayant adressé, en présence de quelques témoins, des observations sur le même sujet, ce qui n'était pour lui qu'une convenance est devenu une nécessité.

En quelques mots, je vais exposer les motifs qui me font éprouver de la sympathie pour S. M. l'Empereur, et tracer le narré de mes relations avec sa personne. Il me semble impossible qu'un lecteur de bonne foi puisse, après avoir parcouru ces lignes, faire un crime à leur auteur de quelques vers dictés par le sentiment le plus désintéressé.

Et d'abord, rectifions une expression que je viens d'employer. J'ai dit : ma sympathie *pour l'Empereur*, et je voulais dire : ma sympathie *pour Louis-Napoléon*, ce qui n'est pas précisément la même chose. En effet, c'est ce nom respecté que me retrace ma mémoire quand elle se reporte vers le passé, à l'époque où, adolescent de 12 à 13 ans, je m'agenouillais chaque dimanche dans la gracieuse église de Carouge, et où je voyais agenouillés à quelques pas de moi cette si populaire, si aimable reine Hortense et son fils. Un attrait inconnu, indicible.... peut-être cette empreinte de mélancolie que le ciel grave sur les traits de ceux qu'il prépare à de grandes destinées, m'attirait vers le jeune exilé français. Ce titre d'exilé contribuait sans doute à cette impression. De tout temps ma nature m'a porté à fuir les heureux du siècle ; en revanche, le malheur fut toujours pour moi un aimant.

Plus tard, quand les portes du château de Ham se furent

refermées sur celui que des conseils trop hâtifs, d'enthou-
siastes illusions, et le sentiment, la conscience du bien qu'il
voulait, qu'il pouvait faire à sa patrie, entraînèrent à de
malheureuses démarches ; quand ce monde, qui ne déifie que
le succès, lui jetait le blâme et lui déniait presque toute
qualité, je disais à tous que la Providence permettait que
des situations si diverses, que tant d'épreuves apprissent à
Louis-Napoléon à tout connaître, à tout apprécier, à tout
souffrir, afin qu'il pût un jour tout soulager, tout raffermir,
tout réparer.

Lorsque le bon sens, le merveilleux instinct d'un grand
peuple, eurent appelé Louis-Napoléon à la présidence, je
m'en réjouis sincèrement, un peu pour lui sans doute....
mais bien plus encore pour la France. A ces gens qui, sans
attendre, pour le juger, un de ses actes présidentiels, le
taxaient d'avance d'incapacité, je répondais : Non, ce n'est
pas un homme incapable, que l'auteur de l'ouvrage sur le
Paupérisme et des Idées napoléoniennes. Par la première
de ces œuvres, il a montré qu'il savait comprendre les be-
soins du peuple et y remédier ; par la seconde, qu'il était
digne de gouverner.

Dans les premiers jours du printemps de 1851, lorsque
libelles, pamphlets, caricatures s'efforçaient d'arracher du
cœur des Français leur amour pour Louis-Napoléon ; lorsqu'une assemblée hostile, en lui refusant une misérable do-
tation, l'empêchait de protéger les arts, de soulager les
pauvres et de représenter dignement la France ; lorsque
journellement et la tribune et la presse le mettaient en
suspicion ; lorsque son pouvoir, sapé de toute part, sem-
blait devoir à chaque instant s'écrouler, je publiai dans le
journal *le Courrier des Alpes* un article en trois feuilletons,
daté de Paris, dans lequel j'exprimais hautement ma sympathie pour le Président. Louis-Napoléon daigna, à cette oc-

casion, me faire écrire par son secrétaire intime, M. Moc-
quart (¹), une lettre qui renferme cette phrase : « Le Président de la République est touché et reconnaissant de la
sympathie que vous inspire sa personne ; il me charge de
vous le faire savoir, etc.... » Je fus très-touché moi-même
de sa bonté ; je le fus plus encore de ce qu'il voulut bien
prendre en considération quelques-unes des observations
consignées dans cet article. Je ne sais si je me fais illusion
à cet égard : le lecteur en jugera.

J'écrivais qu'il était fâcheux que les abords du Louvre et
des Tuileries fussent obstrués par un grand nombre de
vieilles et noires maisons.

Depuis lors, 80 maisons abattues ont dégagé les Tuileries et le Louvre.

J'écrivais qu'il était dommage que la capitale de la France
ne possédât pas quelques rues tirées au cordeau et d'une
étendue grandiose, telles que nos rues de Pô et Grossa Dora
à Turin.

Depuis lors, des milliers d'ouvriers, qui travaillent depuis
plusieurs mois, percent à travers des quartiers populeux,
avec des difficultés inouïes, cette rue tirée au cordeau, cette
rue aux élégantes façades, cette rue d'une prodigieuse lon-
gueur qui, bientôt sans rivale en Europe, portera aux géné-
rations futures le nom glorieux de Rivoli.

J'écrivais que la claque, cette lèpre invétérée des théâtres,
était indigne d'un peuple aussi littéraire que les Français.

Depuis lors, malgré d'opiniâtres résistances, la claque a
été interdite.

Je disais de certaine presse qu'elle était *le plus puissant
dissolvant* que je connusse.

Louis-Napoléon, un mois après la publication de cet ar-

(1) Auteur de plusieurs ouvrages estimés, notamment *les Fastes du
crime et de l'innocence.*

ticle, dans son discours de Dijon, se servait de la même expression appliquée à la même chose.

Quelques mois plus tard, j'envoyais au Président une publication nouvelle faite pendant un voyage en Belgique; il daigna me faire écrire à cette occasion par le ministre d'état une lettre pleine d'indulgente gracieuseté.

Je ne dirai rien du Deux Décembre; une dissertation sur ce sujet dépasserait les limites que je me suis imposées dans cet opuscule et s'écarterait de son but.

Je me contenterai de dire que voyant Louis-Napoléon en mesure de donner cours aux grandes idées que conçoit son esprit, que perfectionne son cœur, et certain qu'il n'avait plus à redouter aucun ennemi, je jugeai que mes témoignages de sympathie ne seraient plus désormais opportuns, et je pris la résolution de garder à l'avenir le silence.

Dans les derniers jours de juillet 1852, je me trouvais à Strasbourg, à peine convalescent d'une maladie qui me retenait depuis plusieurs semaines dans cette ville.

Le chef de l'Etat vint y passer quelques jours à l'occasion de l'inauguration du chemin de fer de l'Alsace à Paris. Un enthousiasme impossible à décrire l'accueillit à son arrivée et ne cessa pas un instant. Il faut dire que Louis-Napoléon vint en cette ville comme un père vient parmi ses enfants, plein de bonté, de confiance et d'amour. Dans les nombreuses promenades qu'il fit soit en voiture, soit à pied, il se mêlait à la foule, il était accessible à tous; son tact éclairé lui permit de semer des bienfaits sur sa route avec le plus judicieux discernement.

Le jour que le Prince-Président avait fixé pour son départ, je ne pus me défendre de me laisser gagner à l'émotion de cet excellent peuple qui était triste de perdre celui qu'il avait si bien apprécié. Je pensai alors qu'il était permis à l'homme qui, bien qu'on le lui eût offert, n'avait voulu

assister à aucun des bals, à aucune des fêtes et réunions offi-
cielles, de manifester à son tour humblement sa sympathie.
Je crayonnai quelques vers, et, m'approchant de la calèche
découverte qui emportait lentement Louis-Napoléon vers
l'embarcadère à travers une double haie vivante, je les
remis à un officier supérieur qui était dans la même calèche,
et que j'ai su depuis être le général Roguet.

Quelques jours après, une lettre qui m'était adressée à
Strasbourg m'atteignit à Wiesbaden; elle était de l'éminent
et honorable directeur en chef de la section des beaux-arts
auprès du Prince-Président, M. Lefèvre-Deumier. En voici
quelques fragments :

Palais des Tuileries, le 11 août 1852.

« ..... Le Prince-Président a remarqué l'ingénieuse finesse
des vers que vous lui avez offerts lors de son passage à
Strasbourg, et il m'a chargé de vous féliciter de cette spi-
rituelle et noble inspiration. Permettez-moi de m'applaudir
d'un ordre qui me fournit l'occasion de rendre justice à un
talent aussi distingué, etc., etc. »

Cette lettre me couvrit de confusion, à cause des éloges
trop peu mérités qu'elle contenait; hélas! *l'esprit* à qui on
attribuait tout l'honneur n'était pour rien dans mes pauvres
vers; *le cœur* seul me les avait dictés.

Ce sont quelques vers détachés de ceux-ci qui ont pris
place dans le recueil publié par M. Lesguillon.

Et maintenant, je le demande à tout lecteur de bonne foi,
serait-il juste de blâmer celui qui, en toute simplicité, pu-
reté d'intention et conviction sincère, a cru devoir donner
un témoignage de sympathie à l'homme qui lui est sympathique? Il en a donné parfois à quelques personnes du
monde dont son jugement appréciait les qualités. Il n'a
subi à cet égard aucun reproche. Doit-il en subir parce que

celui auquel il s'adressait *se trouvait être* Président et *qu'il est devenu* Empereur?...

Depuis le 11 août dernier, l'auteur de ces lignes n'a pas eu de nouvelles relations avec Louis-Napoléon. Seulement, comme il est impossible que l'on ne porte pas intérêt aux actes les plus importants de la vie de celui pour qui on ressent de l'affection, il a adressé à la future Impératrice ces quelques vers la veille de son mariage :

> Monte, belle Espagnole, au trône qui t'attend !
> Obéis sans tarder au vœu du fils d'Hortense !
> Nos mains te dresseront un pavois éclatant ;
> Tout cœur débordera d'ivresse.... d'espérance.
> Inspire mes accents ! rends-les dignes de toi !
> Joie, amour, respect, tout ce qui palpite en moi,
> Oh ! permets à ces vers de le dire à la France !

J'ai écrit et envoyé ces vers principalement à cause de certaines oppositions qui ont dû peiner l'Empereur et son auguste compagne; oppositions restreintes, car la majorité de la nation a été satisfaite du choix de S. M. Je n'ai rien, d'ailleurs, à ajouter à ce sujet après le discours d'une si magnifique éloquence par lequel l'Empereur a annoncé son mariage au Sénat. Je n'ajouterai rien, si ce n'est qu'une partie des mécontents sont ces mêmes personnes qui criaient à l'ambition, qui parlaient de concessions anti-nationales, lorsqu'elles supposaient que l'Empereur recherchait l'alliance de maisons souveraines. Je n'ajouterai rien, si ce n'est que, quoi que l'on fasse, et surtout si l'on est placé sur le trône, « *on ne peut contenter tout le monde* », ainsi que le dit et le prouve dans ses vers ce philosophe-poëte, qui cache tant de profondeur sous tant de naïveté, et que l'on nomme La Fontaine.

Que conclure de ce simple exposé? Que j'applaudis *sans exception aucune* à tous les actes émanés, depuis 1848, de l'Empereur actuel des Français : dans leur ensemble, oui; en détail, non. Tous les hommes sont faillibles de leur nature, et au plus élevé d'entre eux on pourra toujours faire l'application du mot sublime de Bossuet : Un ver, un Dieu !

Doit-on conclure aussi que je ne professe aucune estime pour le comte de Chambord, pour la famille d'Orléans? Pas le moins du monde. J'apprécie le mérite, la haute-dignité, la conduite pleine de convenance du premier. J'admire les talents ou les vertus de plusieurs des membres de la dynastie de Juillet. Toutefois, bien que j'aie écrit dans les journaux plus d'une page durant les six années qui ont précédé 1848, il n'est pas une ligne tombée de ma plume qui ait été adressée à la famille d'Orléans. Enfin, je dois dire encore que je ne suis nullement hostile à la forme républicaine, lorsque la topographie du pays et les mœurs des habitants la rendent possible et salutaire.

Mais qu'importent ces détails? Il ne s'agit aucunement de politique ici. Louis-Napoléon m'est sympathique, non *parce qu'il est*, mais *quoiqu'il soit* Empereur. Qu'a ma sympathie pour sa personne de commun avec la politique?

Que faut-il donc conclure de cet opuscule?

Que son auteur n'est pas de ces gens qui se croient obligés d'adopter les opinions d'un seul parti, opinions toujours mêlées d'idées saines et de préjugés; d'être *tout d'une pièce* et *tout d'un côté*, de trouver *tout bien* ou *tout mal;* il faut en conclure encore qu'il a le droit d'avoir de la sympathie sinon pour S. M. l'Empereur, du moins pour Louis-Napoléon, sans qu'aucune opinion s'en offusque et le lui reproche, puisque cette sympathie a pris naissance dans les injustices du sort et des jugements humains envers sa personne;

il faut en conclure enfin qu'il a pu, sans être ni flatteur ni bas, dans une occasion qu'il n'a pas cherchée, adresser des vers à un auguste personnage de qui il ne réclame rien, de qui il n'attend rien.

Mais enfin, lui demandera-t-on peut-être, comme on le lui a demandé souvent : quelles sont vos opinions politiques?

Ses opinions politiques, c'est qu'il faudrait que nul ne fît à son prochain ce qu'il ne voudrait pas qu'il lui fût fait à lui-même, ou mieux encore : que chacun fît à son prochain ce qu'il voudrait qu'il lui fût fait à lui-même.

Et si on lui objecte que ces maximes n'ont aucun rapport avec la politique, il répondra : d'accord ; mais, en les suivant, les hommes pourraient certes se passer de la politique!

Si l'on insiste encore et qu'on le pousse dans ses derniers retranchements, il dira qu'il aime sans contredit les idées de force, d'ordre, d'unité, de protection, attachées au gouvernement *monarchique ;* ce qui n'empêche pas qu'en élaguant tout ce qu'il y a d'impraticable, de désordonné, d'anti-chrétien dans ce qu'on nomme le *socialisme*, il croit qu'on pourrait lui faire quelques emprunts. Désirer que les lumières soient répandues avec une juste mesure dans toutes les classes de la société, que dans les colléges on s'occupe un peu d'étudier les aptitudes diverses des élèves, afin de favoriser tout le développement possible de ces aptitudes et de former ainsi des hommes remarquables, utiles et spéciaux ; souhaiter que l'on multiplie les moyens de travail et les institutions de bienfaisance, afin qu'un jour le mot de *pauvre*, tel qu'on l'entend aujourd'hui, soit rayé des langues humaines ; respecter toujours le pouvoir, la propriété et la famille, tout cela s'appelle-t-il être socialiste? En ce cas, l'auteur de ces lignes ne rougit point de l'être; mais il l'était déjà avant que le mot de socialiste fût connu, et peut-être..... avant qu'il n'eût été inventé.

Genève, 15 mars 1853.

www.ingramcontent.com/pod-product-compliance
Lightning Source LLC
LaVergne TN
LVHW010251030726
842520LV00007B/2886